AF124130

www.ingramcontent.com/pod-product-compliance
Lightning Source LLC
LaVergne TN
LVHW010436070526
838199LV00066B/6044
* 9 7 8 9 3 5 8 7 2 9 3 8 2 *

# نورتن کہانیاں

## حصہ: ۲

(بچوں کی کہانیاں)

شمیم احمد

© Taemeer Publications LLC
**Nau Ratan KahaniyaaN : Part-2**
by: Shamim Ahmad
Edition: October '2024
Publisher :
*Taemeer Publications LLC* (Michigan, USA / Hyderabad, India)

ISBN 978-93-5872-938-2

9 789358 729382

مصنف یا ناشر کی پیشگی اجازت کے بغیر اس کتاب کا کوئی بھی حصہ کسی بھی شکل میں بشمول ویب سائٹ پر اَپ لوڈنگ کے لیے استعمال نہ کیا جائے۔ نیز اس کتاب پر کسی بھی قسم کے تنازع کو نمٹانے کا اختیار صرف حیدرآباد (تلنگانہ) کی عدلیہ کو ہو گا۔

© تعمیر پبلی کیشنز

| | | |
|---|---|---|
| کتاب | : | **نورتن کہانیاں: حصہ - ۲** |
| مصنف | : | **شمیم احمد** |
| صنف | : | ادب اطفال |
| ناشر | : | تعمیر پبلی کیشنز (حیدرآباد، انڈیا) |
| سالِ اشاعت | : | ۲۰۲۴ء |
| صفحات | : | ۵۴ |
| سرورق ڈیزائن | : | تعمیر ویب ڈیزائن |

## فہرست : نورتن کہانیاں: حصہ - ۲

| | | |
|---|---|---|
| (۱) | بے ایمان قاضی | 10 |
| (۲) | مایا ملی نہ رام | 15 |
| (۳) | بے ایمان بھائی | 20 |
| (۴) | درخت کی گواہی | 25 |
| (۵) | پانی کی گواہی | 29 |
| (۶) | اشرفیوں کی چوری | 32 |
| (۷) | عقل مند حاکم | 35 |
| (۸) | ایک کے بدلے دو | 38 |
| (۹) | آقا اور غلام | 42 |
| (۱۰) | گوشت کی شرط | 45 |
| (۱۱) | اصلی ماں | 47 |
| (۱۲) | روئی کی چوری | 49 |
| (۱۳) | انصاف کی چھڑی | 51 |
| (۱۴) | شرط کی شرط | 53 |

# نورتن کا تعارف

"نورتن" اُردو کے قدیم ادب کی ایک مشہور تصنیف ہے۔ اِس میں مختصر داستانیں شامل ہیں۔ محمد بخش مہجور نے یہ کتاب اب سے کوئی پونے دو سَو برس پہلے لکھی تھی۔ مہجور کے والد کا نام حکیم خیر اللہ تھا، جو رہنے والے تو تھے فتح پور ہسوا کے مگر بعد میں وہ لکھنؤ چلے آئے تھے اور وہیں مستقل طور پر رہ پڑے۔ لکھنؤ ہی میں محمد بخش مہجور پیدا ہوئے اور وہیں ان کی تعلیم و تربیت ہوئی۔ والد کی طرح خود بھی طبابت کا پیشہ اختیار کیا۔ جوانی ہی میں شاعری کرنے لگے تھے۔ پہلے شیخ قلندر بخش جرأت اور بعد میں مرزا خانی نوازش کے شاگرد ہوئے۔ مہجور لکھنؤ میں نفی گنج میں رہتے تھے۔ حج کے لیے خانۂ کعبہ گئے اور مدینۂ منوّرہ میں انتقال کیا۔

ہمارے ادب میں "نورتن" کی اہمیت کا اندازہ اِس بات سے لگایا جا سکتا ہے کہ 1857 تک لکھنوی نثر کے سرمائے میں صرف تین کتابیں ہی اہم سمجھی جاتی تھیں۔ ایک تو یہی "نورتن" اور دوسری دو "فسانۂ عجائب" اور "بُستانِ حکمت"۔ "نورتن" اور "فسانۂ عجائب" کی ہمارے قدیم ادب میں اِس وجہ سے بھی بڑی اہمیت ہے کہ یہ دونوں کتابیں عموماً طبع زاد سمجھی جاتی ہیں۔ طبع زاد سے مُراد یہ ہے کہ ان کے قصّے کسی اور زبان سے ترجمہ نہیں کیے گئے۔ یہ ضرور ہے کہ ان میں شامل بعض

حکایات مختلف جگہوں سے لی گئی ہیں۔ بعض ایسی ہیں جو بہت ہی قدیم زمانے سے سینہ بہ سینہ چلی آرہی ہیں، اور بہت مشہور ہیں۔ تاہم ان کی اکثر حکایات ان کے مصنفین کی طبع زاد لکھی ہوتی ہیں۔ 'فسانۂ عجائب' کی حکایات تو ایک ہی مرکزی قصے سے تعلق رکھتی ہیں جبکہ 'نورتن' کی تمام کہانیاں الگ الگ اور آزاد ہیں۔ اور ان کی ایک بڑی خوبی ان کا مختصر ہونا ہے۔ اس لحاظ سے دیکھا جائے تو 'نورتن' ہمارے ادب کی تاریخ میں بڑی اہمیت رکھتی ہے۔ دوسری بات یہ کہ 'نورتن'، 'فسانۂ عجائب' سے دس سال پہلے لکھی گئی۔

کتاب کا نام 'نورتن' رکھنے کی وجہ یہ ہے کہ مہجور نے اس کتاب میں نو باب قائم کیے ہیں اور ہر باب میں مختلف کہانیاں جمع کر دی گئی ہیں۔ یہ انتخاب چونکہ خاص بچّوں کے لیے تیار کیا گیا ہے، اس لیے اس میں وہ باب شامل نہیں کیے گئے جو بچّوں کے لیے نہ دلچسپ تھے اور نہ مناسب۔ ہم نے اس مجموعے میں صرف اُن کہانیوں کو شامل کیا ہے جو 'نورتن' میں تیسرے، پانچویں، چھٹے، ساتویں، آٹھویں اور نویں باب میں شامل ہیں۔ کہانیوں کی اہمیت اور دلچسپی کو ذہن میں رکھتے ہوئے ابواب اور ان کی کہانیوں کی ترتیب بھی بدل دی گئی ہے۔

'نورتن' کی زبان قدیم لکھنوی زبان ہے، اور کافی اُلجھی ہوئی اور مشکل۔ ہم نے چونکہ اس کے قصّوں کو بچّوں کے لیے ترتیب دیا ہے اس لیے ان کی زبان بالکل تبدیل کر دی گئی ہے۔ کوشش کی گئی ہے کہ یہ ساری کہانیاں ایسی سہل اور عام فہم زبان میں بیان کی جائیں کہ انھیں بچّے بہ خوبی پڑھ اور سمجھ سکنے کے علاوہ ان سے پوری طرح لُطف اندوز بھی ہو سکیں۔ ان کہانیوں کو آسان زبان میں پھر سے لکھتے وقت یہ کوشش کی گئی ہے کہ زبان مصنّف کے اندازِ بیان سے ملتی ہوئی رہے۔ اس لیے ہو سکتا ہے کہ بعض لفظ آپ کے لیے مشکل ہوں لیکن اگر ان کا مطلب بھی معلوم نہ ہو تو

بھی کہانی کے لطف میں کمی نہیں آتی اور بات بہر حال سمجھ میں آجاتی ہے۔

ان کہانیوں میں سے اکثر کہانیاں سبق آموز یا سبق سکھانے والی ہیں، لیکن اس کے باوجود مہجور کی قدم قدم پر یہ کوشش رہی ہے کہ قصہ قصے کی حیثیت سے بھی زیادہ سے زیادہ دلچسپ رہے۔ اُس زمانے کی داستان گوئی کی عام روش کے لحاظ سے یہ بہت بڑی بات تھی۔

'نورتن' میں شامل بیشتر کہانیاں مصنف کی طبع زاد ہیں۔ لیکن کچھ ایسی بھی ہیں جو دوسرے ذریعوں سے مصنف تک پہنچیں۔ مثلاً اس انتخاب میں ایک کہانی اُن دو عورتوں پر مشتمل ہے جو ایک بچے کے لیے جھگڑا کرتی ہیں اور حضرت علیؓ ان کا جھگڑا چُکاتے ہیں۔ اسی طرح کا فیصلہ حضرت سلیمان علیہ السلام اور مہاتما گوتم بُدھ کے ناموں سے بھی مشہور ہے۔ ایک اور کہانی میں رُوئی کے چور اپنی داڑھیوں کی وجہ سے پکڑے گئے۔ یہ بیربل کا ایک مشہور لطیفہ ہے۔ اس میں ایک کہانی گوشت کی شرط والی ایسی ہے جو انگریزی زبان کے ڈرامہ نگار شیکسپیر کے مشہور ڈرامے 'وینس کا سوداگر' (Merchant of Venice) میں بھی بیان ہوئی ہے۔ اس سے اندازہ ہوتا ہے کہ یہ قصہ مشرق و مغرب میں یکساں طور پر مشہور رہا ہے۔ اس طرح کی چند مثالوں کے سوا اکثر کہانیاں مہجور کی طبع زاد ہیں اور نہایت پُر لطف اور دلچسپ ہیں، جنھیں پڑھ کر اندازہ ہوتا ہے کہ ہمارے داستانوی ادب میں مہجور کس قدر اہم فسانہ گو تھا ـــــ لیجیے! اب ان دلچسپ کہانیوں کو اپنے ہی زمانے کی زبان میں پڑھ کر آپ بھی لطف اُٹھائیے۔

شمیم احمد

# نورتن کہانیاں

## (دوسرا حصہ)

## فریادیوں اور عادلوں کی کہانیاں

# بے ایمان قاضی

ایک شخص کچھ جواہر ایک بٹوے میں سربمہر کرکے قاضی کے پاس لے کر گیا اور بولا۔

"تو ایمان دار، سچا اور دیانت دار آدمی ہے۔ ایک ضرورت سے میرا سفر کرنے کا ارادہ ہے، اِس لیے میں تیرے گھر کچھ رکھنے کو لایا ہوں، اگر سفر سے میں زندہ لوٹوں گا تو اپنی امانت لے جاؤں گا، اور اگر میری زندگی وہیں ختم ہوگئی تو اے نیک نام یہ مال تیرا ہوگا۔"

قاضی نے اُس شخص کی یہ بات سُن کر کہا۔

"اے عزیز! کوئی حرج نہیں۔"

غرض اُس نیک انسان نے وہ جواہر قاضی کے سپرد کیے اور سفر پر روانہ ہوگیا۔ اِدھر قاضی نے مُہر کیا ہوا بٹوہ پھاڑ کر قیمتی جواہر نکال لیے اور اُن کی جگہ پتھر رکھ دیے اور ایک ماہر رفوگر کو بُلا کر کہا۔

"اِس سر بہ مُہر بٹوے کو ایسا رفو کر دے کہ کسی پر یہ راز ظاہر نہ ہو۔ اِس کام کے لیے میں تجھے مُنھ مانگا انعام دوں گا۔"

کئی ہزار دینار اِس کام کی اُجرت ٹھہری۔ رفوگر نے اُس بٹوے کو ایسا رفو کیا کہ ہزار آنکھوں سے بغور دیکھنے کے بعد بھی عقل میں یہ بات نہ آسکے کہ اِسے

رفو کیا گیا ہے۔ رفوگر نے اِس طرح سے بٹوہ ٹھیک ٹھاک کر کے قاضی کے حوالے کر دیا اور ہاتھ کے ہاتھ اپنی پوری اُجرت لے کر روانہ ہوا۔

کچھ دنوں کے بعد وہ شخص سفر سے واپس لوٹ آیا اور قاضی سے اپنی امانت طلب کی۔ قاضی نے سر بہ مُہر بٹوہ اُس کے حوالے کر دیا۔ گھر آکر اس نے جو بٹوا کھولا تو جواہر کی جگہ پتھّر ملے۔ اُس شخص نے جب یہ عجیب و غریب ماجرا دیکھا تو بھاگا بھاگا قاضی کے گھر آیا اور کہا۔

"اے قاضی پاجی! تو نے یہ کیا غضب کیا"

قاضی بولا۔

"اے عزیز! تو مجھ پر جھوٹے اور دغاباز ہونے کا کیوں الزام لگا رہا ہے۔ میں تیری امانت سے واقف نہیں ہوں۔ تو جیسا بٹوہ مجھے دے گیا تھا، ویسا ہی آکر لے گیا۔ لوگ میری دیانت سے خوب واقف ہیں۔ مجھے اگر دَولت ہی جمع کرنی ہوتی تو میں سارے شہر کا قاضی تھا، جس طرح جی چاہتا دَولت کماتا"

غرض کہ ایسی جھوٹی باتوں سے قاضی نے وہ قیمتی جواہر ہڑپ کر لیے۔ وہ شخص ناچار اکبر بادشاہ کے پاس گیا اور فریاد کی۔ سارا حال جاننے کے بعد اکبر بادشاہ نے اس شخص سے کہا۔

"اے عزیز! تو یہ بٹوا میرے پاس چھوڑ جا۔ چند روز بعد تو یہاں پھر آنا۔ تیری چیز مل جائے گی، تو بے فکر رہ"

بادشاہِ عالم پناہ نے اُسے تو خوش خوش رُخصت کیا، مگر جس زر نگار اور اعجوبہ روزگار مسند پر خود بیٹھا تھا اُسے حاشیے کے قریب سے پھاڑ دیا اور سَیر و شکار کے لیے پہاڑ اور خوبصورت وادیوں کی طرف روانہ ہو گیا۔ اِدھر یہ ہوا کہ فراش نے جو اُس مسند کو آراستہ کرنا چاہا تو کیا دیکھتا ہے کہ وہ قیمتی

زرّیں مسند حاشیے کے پاس سے کسی قدر پھٹا ہوا ہے۔ یہ عجیب و غریب واردات دیکھ کر فراش کی آنکھوں کے سامنے اندھیرا چھا گیا اور وہ بے حواسی کے عالم میں سوچنے لگا۔

"اگر اِس مسند کے پھٹنے کا عالم پناہ کو پتہ چل گیا تو وہ مجھ کو مارے طمانچوں کے فرش کر دے گا"! فراش نے اپنے ایک ساتھی کو اِس احوال سے مطلع کیا تو اُس نے کہا۔

"اے بھائی! تو میری جان کے برابر ہے! اگر یہ راز میرے تیرے سوا کسی اور پر ظاہر نہیں ہوا ہے تو تو بالکل بے فِکر رہ، اِس شہر میں ایک بہت ماہر رفوگر ہے جو اِس مسند کے پھٹے حاشیے کو نہایت خوبی اور صفا سے رفو کر دے گا۔"

اپنے ساتھی سے یہ بات سُن کر فراش مسند کو رفوگر کے پاس لے گیا اور بولا۔

"اے نادرہ کار! سلیقہ شعار! تیری خدمت میں میری یہ التجا ہے تو اِسے بہ خوشی قبول کر، تیری جو بھی اُجرت ہوگی، اُس سے دوگنی میں تیری خدمت میں حاضر کروں گا۔"

اُس رفوگر نے مسند کو جیسا کہ وہ تھا، ویسا ہی رفو کر دیا۔ اور ایسا رفو کیا کہ خود فراش کی عقل رفو چکر ہو گئی۔

قصہ مختصر! فراش نے خوش خوش اُس زرنگار مسند کو پہلے ہی کی طرح آراستہ کیا اور خاموشی اختیار کرلی، لیکن اکبر بادشاہ نے جو اُس پھٹے ہوئے مسند کو دوبارہ درست پایا تو فراش کو بلوایا اور کہا۔

"سچ سچ بتا! اِس مسند زرّیں کو کِس نادرہ کار اور سلیقہ شعار رفوگر نے

درست کیا"؟

بادشاہ کے مُنھ سے یہ الفاظ سُن کر فراش بے حواس ہوگیا اور لرزنے لگا تب بادشاہ نے نہایت نرمی سے تسلّی دیتے ہوئے کہا۔

" تؤ بے حواس نہ ہو! یہ خوف و خطر کی جگہ نہیں ہے۔ میں نے ہی اِس زرنگار مسند کو مصلحتاً پھاڑا تھا"

اُس بد حواس فراش نے جب یہ بات سُنی تو اُس کے ہوش بجا ہوئے اور اُس نے رفوگر کا پتہ دیا۔ بادشاہ نے اُس نادرہ کار رفوگر کو طلب کر کے وہ بٹوہ دکھایا اور بولا۔

" اے رؤسیاہ! یہ سر بہ مُہر بٹوہ تیرے ہی ہاتھ کا درست کیا ہوا ہے؟ سچ سچ بتا دے، ورنہ تیرا گوشت پوست پارہ پارہ کر دوں گا"

بادشاہ کے خوف سے رفوگر نے اقرار کر لیا اور کہا۔

" واقعی اِس بٹوے میں قاضیِ شہر کے کہنے سے اس غلام نے ہی رفو کیا ہے۔ اِس بات میں بال برابر جھوٹ نہیں ہے"

تب بادشاہ نے قاضیِ شہر کو طلب فرمایا اور ارشاد کیا۔

" اے پاجی! میں نے تجھ کو دیانت دار سمجھ کر قاضیِ شہر بنایا تھا اور تؤ نے یہ حرکت کی؟ مگر اب اِسی میں خیریت ہے کہ اِس عزیز کو اِس کے جواہر حوالے کر دے"

بادشاہ کا یہ کلام سُن کر قاضی کہنے لگا۔

" اے بادشاہِ عالم پناہ! میں نے اِس عزیز سے جیسا سر بہ مُہر بٹوہ لے کر رکھا تھا، ویسا ہی سر بہ مُہر اِس کے سپرد کیا"

یہ پُر فریب بات سُن کر بادشاہ نے مُسکرا کر کہا۔

"اے قاضی، پاجی طینت، بے حیثیت! جس رفوگر نے اِس بٹوے پر رفو کیا ہے، وہ خود موجود ہے۔"

اِس دو بدو گفتگو سے قاضی نہایت شرمندہ ہوا۔ غرض بادشاہِ عالی جاہ نے اُس شخص کو بے ایمان قاضی سے جواہر واپس دِلوائے، اور اُس نادرہ کار اور سلیقہ شعار رفوگر کے دونوں ہاتھ کٹوا دیے، لیکن اِس کے لیے زندگی بھر کے واسطے کچھ اِتنی رقم مقرر فرما دی کہ وہ بال بچوں اور رِشتے داروں سمیت خوش معاش رہے اور عبادتِ جنابِ الٰہی سے غافِل نہ ہو۔

## مایا ملی نہ رام

کہتے ہیں کہ ہندوستان میں ایک بہت مالدار ساہوکار تھا۔ اُس کے پاس اِس قدر دولت تھی کہ آسمان پر اُتنے ستارے بھی نہ ہوں گے۔ ایک دن اُس کی بیوی نے، جو بڑی نیک اور دوراندیش تھی، اُسے مشورہ دیا۔
"یہ دولت ہمیشہ رہنے والی نہیں، اِس پر تو کچھ بھروسہ نہ رکھ، کیونکہ شعر

یہ دولت کسی کے پاس رہتی نہیں
سدا ناؤ کاغذ کی بہتی نہیں

اِس سے تو یہ بہتر ہے کہ کچھ اشرفیاں خاموشی سے کسی ایماندار آدمی کے پاس رکھ دے، اِس لیے کہ ہر انسان کو زمانے کی اونچ نیچ کا سامنا کرنا ہوتا ہے، اگر خدا نہ کرے کبھی اِس ناپائیدار دولت کا دیوالہ نکل جائے تو تیری اور میری کس طرح بسر ہوگی؟ اِس واسطے کہتی ہوں کہ اگر کچھ کہیں رکھا ہوگا تو اُس میں سے تھوڑی تھوڑی نقدی لے کر گزر اوقات کر سکیں گے اور کسی طرح کی پریشانی نہ ہوگی۔ کیونکہ شعر

سدا عیش دوراں دکھاتا نہیں
گیا وقت پھر ہاتھ آتا نہیں"

ساہوکار کو اپنی بیوی کا یہ نیک مشورہ پسند آیا، اور وہ ایک لاکھ روپے کے

برابر قیمت کی اکبر شاہی اشرفیاں ایک رات قاضیِ شہر کے پاس لے کر گیا اور بولا۔

"اے قاضیِ شہر اور دین کے رہبر! میں تجھ کو دیانت دار اور بے خیانت مرد جان کر یہ رقم تیری خدمت میں لایا ہوں۔ میری اِس امانت کو تو اپنے دیانت کے صندوق میں رکھ لے، جس وقت مجھ کو کسی کام کے لیے یہ درکار ہوگی، لے جاؤں گا۔"

غرض کہ وہ ساہوکار اُن اشرفیوں کو خاموشی کے ساتھ قاضی کے پاس رکھ کر اپنے گھر آگیا۔ پھر قسمت کا کرنا یہ ہوا کہ کچھ برسوں بعد زمانے کی گردش سے اُس کا سارا مال تباہ ہوگیا اور وہ اِتنا مُفلس ہوگیا کہ دو وقت کی روٹی تک کو ترس گیا۔ آخرکار اس کی نیک بی بی نے پھر کہا۔

"اے ظلم و سِتم کے مارے انسان اور رنج و غم میں گرفتار، وہ اشرفیاں جو تُو نے قاضی کے پاس امانت رکھی تھیں، وہ کِس دن کے واسطے رکھی ہیں، جا کر تھوڑی سی لے آ اور ضروری کاروبار میں خرچ کر۔"

اپنی نیک بی بی کی یہ بات سُن کر ساہوکار قاضیِ شہر کے پاس گیا اور بولا۔

"قاضی جی! میری اُس امانت میں سے ایک سَو اشرفیاں دے دیجیے، تاکہ انھیں خرچ کرکے دینوی کاموں سے فراغت پاؤں، آج کل میرا ہاتھ بہت تنگ ہے۔"

قاضی نے جو یہ بات سُنی، تو کہنے لگا۔

"اے ساہوکار! خیر تو ہے، کیسی اشرفیاں؟ یہ تو کیا بَکتا ہے؟ یہ باتیں کھوٹی مار کھانے کی نشانی ہیں۔"

قاضی کی یہ دل شِکن بات سُن کر ساہوکار مایوس ہوکر، ہاتھ مَلتا، روتا اور

جی کُڑھاتا ہوا گھر لوٹ آیا۔

ایک روز کے بعد ساہوکار نے اس واقعے کی نواب علی مردان خاں سے شکایت کی۔ نواب صاحب نے پورے دھیان سے اس کا حال پوچھا اور اُس سے کہا۔

"دیکھو اِس بات کا تم کسی سے بھی ذکر نہ کرنا، کیونکہ دیواروں کے بھی کان ہوتے ہیں، تم فِکر نہ کرو! انشاء اللہ ایک روز تمھاری پوری کی پوری اشرفیاں تمھارے ہاتھ آجائیں گی۔"

نواب صاحب کی یہ تسلّی آمیز بات سُن کر ساہوکار خوش خوش وہاں سے رُخصت ہوا۔ دو چار روز بعد نواب صاحب نے قاضی کو مُلاقات کے لیے اپنے گھر بُلوایا۔ اِدھر اُدھر کی چند خوش گپّیوں کے بعد نواب صاحب نے تنہائی میں بڑی رازداری کے ساتھ قاضی سے کہا۔

"اے مسندِ دین کی زینت! تیری خدمت میں میری یہ عرض ہے کہ ہم لوگوں کو ہمیشہ شاہی عتاب کا خوف رہتا ہے، خُدا نخواستہ کبھی ہم سے کوئی چھوٹا بڑا قصور سرزد ہو جائے اور اُس کے بدلے میں بادشاہ ہمارا گھر بار ضبط کرلے تو پھر ہماری زندگی خُدا جانے کیونکر بسر ہوگی، اور نہیں معلوم کہ ہمارے بعد ہمارے بال بچّوں کا کیا ہوگا، اِس لیے میرے دل میں یہ بات آئی ہے کہ میری نو لاکھ روپے کی اشرفیاں تو اپنے پاس رکھ لے اور اپنی خاص مُہر سے یہ رُقعہ لکھ دے کہ یہ مال علی مردان خاں کے بال بچّوں کا ہے، جس وقت وہ چاہیں، لے جائیں۔"

اُس بے ایمان قاضی نے جو یہ کلام سُنا تو کہنے لگا۔

"کوئی حرج نہیں، میرا مکان حاضر ہے، جس طرح سے آپ فرما دیجیے، بجا لاؤں۔"

نواب صاحب نے فرمایا۔

"ٹھیک ہے، تو آب تو جا کر ایک تہہ خانہ بنوالے، اس کے بعد اشرفیاں کسی تدبیر سے تیرے پاس پہنچا دوں گا۔"

غرض کہ وہ بے وقوف قاضی نواب کی باتوں میں آگیا اور اُس نے اپنے مکان میں تہہ خانہ بنوانے کی تیاری شروع کر دی۔ جب تہہ خانہ بن گیا تو اس بے شعور قاضی نے نواب صاحب کو یہ رُقعہ لکھا۔

"آپ کے ارشادِ عالی کے بموجب مکانِ امانت اور ایوانِ دَولت تیار ہے۔ اب بے خوف و خطر آپ اپنی مصلحت پر عمل کیجیے۔"

نواب صاحب نے اِس کے جواب میں لکھا۔

"انشاء اللہ ایک دو روز بعد کسی مُبارک گھڑی میں زنانی سواریوں کے بہانے سے وہ اشرفیاں نہایت رازداری کے ساتھ آپ کی خدمت میں پہنچ جائیں گی۔ لیکن اے بندہ نواز! یہ راز کسی پر ظاہر نہ ہو۔"

اِدھر تو نواب صاحب نے یہ پُر فریب رُقعہ لکھ کر قاضی کو بھیجا اور اُدھر فریادی ساہوکار کو طلب فرما کے یوں ارشاد کیا۔

"تو کل اپنا مال اُس بد اعمال سے مانگنا اور یہ کہنا کہ اگر تو میرا مال نہ دے گا تو میں علی مردان خاں کے ذریعے اِس بات کی شکایت بادشاہِ عالی جاہ تک پہنچا دوں گا۔ اِس کلام کو سُن کر وہ بے ایمان تیری اشرفیاں ضرور دے دے گا۔ اِس میں ذرا فرق نہیں۔"

غرض کہ نواب علی مردان خاں کے ارشاد کے مطابق وہ دل فگار ساہوکار قاضی پاجی کے پاس گیا، اور جو کچھ نواب نے یاد کرایا تھا، دُہرا دیا۔ قاضی اپنے دل میں سوچ کر کہنے لگا۔

"اگر اِس کی ایک لاکھ روپے کی اشرفیاں واپس نہ کروں گا تو علی مردان خاں کی نولاکھ روپے کی اشرفیاں میرے ہاتھ سے مفت جائیں گی۔ آخر کو افسوس کے سوا کچھ ہاتھ نہ آئے گا۔" دل میں یہ سوچ کر قاضی نے وہ ساری اشرفیاں اُس دل فگار ساہوکار کے حوالے کر دیں اور کہا۔

"خُدا کے واسطے یہ راز کسی پر ظاہر نہ کرنا، کیونکہ میں قاضی ہوں، اور یہ بڑی نازک خدمت ہے، جو میں انجام دیتا ہوں۔"

ساہوکار تو اپنی اشرفیاں لے کر چلتا بنا اور بے چارہ قاضی نواب مردان علی خاں کی نو لاکھ اشرفیوں کے انتظار میں بیٹھا رہا— ظاہر ہے کہ وہ اشرفیاں نہ آنی تھیں، نہ آئیں۔ وہی مثل ہوئی۔

"دُبدھا میں دوؤ گئے، مایا ملی نہ رام۔"

# بے ایمان بھائی

دو بھائی تھے۔ ایک بار وہ دونوں نہایت پریشانی کی حالت میں کمانے کمانے کی غرض سے سفر پر نکلے۔ تھے بڑے قسمت والے! کچھ ہی دُور چلے تھے کہ راستے میں اُنھیں ایک بٹوہ مِلا، جس میں بہت سارے روپوں کے علاوہ دو نہایت خوبصورت اور قیمتی لعل بھی تھے۔ اُنھیں جو یوں بے محنت دولت ہاتھ آئی تو چھوٹے بھائی نے کہا۔

”اے بھائی! سفر کا مقصد تو پورا ہو گیا۔ اب آگے جانے سے کیا فائدہ! اب اپنے غریب خانے میں چل کر ہی آرام سے اَوقات بسر کریں۔ شعر

کیونکہ ایسی رقم لگی ہے ہات
جس سے اپنی کٹے گی خوش اَوقات“

بڑے بھائی نے جواب دیا۔

”بات تو سچ ہے! پر مجھے سارے جہان اور کوہ و بیاباں کی سیر کی بڑی خواہش ہے۔ کسی نے خوب کہا ہے

اِن نینوں کا یہی بسیکھ، یہ بھی دیکھا وہ بھی دیکھ

اے میرے پیارے بھائی! تو گھر چل، میں بھی چند روز بعد آجاؤں گا۔“ یہ کہہ کر بڑے بھائی نے اُس مال کے برابر برابر دو حصّے کیے اور چھوٹے بھائی سے کہا۔

"اے بھائی! لے، یہ میرا حصّہ اِس لعل ایک سمیت میری بی بی کو دے دینا۔ باقی تو اپنے حصّے کا خود مالک و مختار ہے۔"

چھوٹے بھائی سے یہ گفتگو کرکے بڑا بھائی دُنیا کی سَیر کے لیے روانہ ہو گیا۔ چھوٹے بھائی نے گھر آکر بڑے بھائی کا حصّہ اپنی بھاوج کو دے تو دیا لیکن اُس کا لعل خود رکھ لیا۔

جب کچھ دنوں کے بعد بڑا بھائی سفر سے گھر لَوٹا تو اُسے اپنا لعل نظر نہیں آیا۔ اُس نے اپنی بیوی سے پوچھا۔

"سچ بتا! وہ جو قیمتی لعل میں نے بھیجا تھا، وہ تو نے کیا کیا؟"

اُس کی بیوی کو یہ سُن کر بڑی حیرت ہوئی۔ بولی۔

"مجھے کسی لعل کا پتہ نہیں! ہاں نقدی جو تو نے بھیجی تھی، وہ سب میرے پاس ہے۔ مجھے نہیں معلوم کہ لعل کس چڑیا کا نام ہے۔"

بیوی سے یہ سُنا تو پھر اُس نے اپنے چھوٹے بھائی سے پوچھا

"کیوں بے ایمان! وہ قیمتی لعل تو نے کیا کیا؟"

اِس بات کے جواب میں چھوٹے بھائی نے کہا۔

"میں نے تو تیرا لعل تیری بیوی کو دے دیا تھا

ہے عجب طرح کی یہ تیری بُوجھ
مجھ سے کیا پوچھتا ہے اُس سے پُوچھ"

بڑے بھائی نے جو یہ بات سُنی تو نہایت پریشان ہو کر بولا۔

"وہ تو کہتی ہے کہ میں نہیں جانتی۔"

چھوٹے بھائی نے جواب دیا۔

"جھوٹ بکتی ہے۔"

غرض یہ کہ اُن دونوں بھائیوں میں اِس بات پر تو تو مَیں مَیں ہونے لگی۔ جب جھگڑا زیادہ بڑھا تو بڑے بھائی کی بیوی نے قاضی سے اِس قِصّے کی داد فریاد کی۔ قاضی نے اُن دونوں کو طلب کیا اور چھوٹے بھائی سے پوچھا۔

"اچھا تو یہ بتا کہ جس وقت تو نے وہ بے بہا لعل اپنی بھاوج کو دیا تھا تو اُس وقت کوئی تیسرا آدمی بھی موجود تھا؟"

چھوٹے بھائی نے جواب دیا۔

"ہاں! دو آدمی اِس کے گواہ ہیں۔"

قاضی نے حکم دیا کہ اُن گواہوں کو حاضر کر۔ غرض یہ کہ وہ ملعون دو شخصوں کو کچھ نقد روپے دے دلا کر جھوٹی گواہی دلوانے کے لیے قاضی کے پاس لے گیا اور اُن دونوں بے دین لعینوں نے بھی جھوٹی قسم کھا کے گواہی دی۔ اُنھوں نے کہا۔

"واقعی اِس نے ایک لعل اپنی جیب سے نِکال کے ہمارے سامنے اپنی بھاوج کے ہاتھ میں دیا تھا۔"

قاضی جی بھی تھے کچھ عقل کے کورے۔ بڑے بھائی سے بولے۔

"اے عزیز! تو اپنا قیمتی لعل اپنی بی بی سے لے اور اپنے بھائی کا پنڈ چھوڑ!"

بڑے بھائی کی بیوی قاضی کی زبان سے یہ بے سر و پا فیصلہ سُن کر روتی ہوئی بادشاہِ عالم پناہ کے پاس گئی اور فریاد کی۔ بادشاہِ عالی جاہ نے اُس کی فریاد سُن کر کہا۔

"تو قاضیِ شہر سے انصاف کی درخواست کیوں نہیں کرتی؟"

اُس نیک بخت نے جواب دیا۔

"عالی جاہ! قاضیِ شہر نے انصاف نہیں کیا۔"
بادشاہ نے دونوں بھائیوں اور دونوں گواہوں کو طلب کیا اور ہر ایک کو الگ الگ تھوڑا تھوڑا کافوری موم دیا اور نرمی سے کہا۔
"اچھا! تم لوگ ایسا کرو کہ ایک دوسرے سے الگ ہوکر، اِس موم سے لعل کی صورت بنا کر لاؤ۔"

دونوں بھائیوں نے چونکہ لعل دیکھا تھا اِس لیے اُن دونوں نے تو لعل کی ویسی ہی صورت بنائی جیسا کہ وہ تھا، لیکن دونوں گواہوں نے کبھی لعل کی شکل بھی نہ دیکھی تھی۔ اس لیے وہ مختلف صورت بنا کر بادشاہ کے پاس لائے۔ اِس سے یہ ثابت ہوگیا کہ وہ دونوں گواہ جھوٹے تھے لیکن یہ کیسے ثابت ہو کہ چھوٹے بھائی نے ایک لعل اپنی بھاوج کو دیا تھا یا نہیں؟ اِس لیے بادشاہ نے بڑے بھائی کی بیوی کو بھی حکم دیا کہ
"ایک لعل کی شکل تو بھی بنا کے لا۔"
اُس بے چاری نے بھی کبھی لعل کی شکل نہ دیکھی تھی، لیکن اُس نے اپنی عقل لڑائی اور سوچا کہ لعل چونکہ بہت قیمتی ہوتا ہے، اِس لیے اُس کی شکل بہت بڑی ہوتی ہوگی۔ سو وہ اپنی عقل کے مطابق ایک بڑی سی صورت بنا کر لائی، جو نہایت واہی تباہی تھی۔ اُسے دیکھ کر بادشاہ نے اپنے دل میں کہا۔
"حقیقت یہ ہے کہ یہ عورت بے قصور ہے، اور اس نے واقعی لعل کبھی نہیں دیکھا۔"

لعل گواہوں نے بھی نہیں دیکھا تھا، اِس لیے وہ جھوٹے ثابت ہوئے۔ چنانچہ بادشاہ نے جب طمانچوں سے اُن کے گال لال کر دیے تو اُنھوں نے قبولا۔
عالی جاہ! ہم نے نقد روپے کے لالچ میں جھوٹی گواہی دی تھی شعر

واجب القتل ہیں خنجر کے سزاوار ہیں ہم
ہاں میاں سچ ہے کہ ایسے ہی گنہ گار ہیں ہم"

اور اِس طرح بادشاہ نے اپنی عقل سے کام لے کر بڑے بھائی کو چھوٹے بے ایمان بھائی سے وہ قیمتی لعل واپس دِلوا دیا۔

# درخت کی گواہی

ایک مرتبہ کا ذکر ہے کہ کسی شخص نے سَو دینار بہ طور امانت ایک دوسرے شخص کے پاس رکھے اور خود کسی دوسرے شہر کے سفر پر نکل گیا۔ جب وہ کچھ عرصے بعد سفر سے واپس آیا اور اُس آدمی سے امانت طلب کی تو وہ مکّار کہنے لگا۔

"واہ بھئی واہ! تو میرے اوپر خوامخواہ تہمت لگا رہا ہے۔ تو تو دیوالیہ ہے، تیری اِس آنٹ سانٹ سے کچھ کام نہ چلے گا۔ چل دور ہو میرے آگے سے، نہیں تو ایسا ماروں گا کہ تیری ساری اکڑ بھی بھی پھرے گی شعر

میں نہیں واقف تیرے دینار سے
سر پھراتا ہے عبث تکرار سے"

اُس بے چارے نے جو یہ گفتگو اُس بے ایمان کی سُنی تو ہکا بکا رہ گیا اور قاضیِ شہر کے پاس جاکر فریاد کی۔ قاضی نے اُس کا سارا احوال سُن کر اُس بے ایمان آدمی کو بُلوایا اور پوچھا، مگر وہ بے ایمان مُنکر ہو گیا۔ تب قاضی نے فریادی سے سوال کیا۔

"اے عزیز! تو اِس بات کا کوئی گواہ بھی رکھتا ہے یا نہیں؟"

اُس بے چارے نے جواب دیا۔

"سوائے اللہ کے اِس بات کا کوئی گواہ نہیں۔"

اب قاضی بے چارہ کیا کرتا۔ آخر کار اُس بے ایمان سے کہا۔

" اچھا قسم کھا کہ تو نے اِس عزیز کے دینار نہیں لیے "

یہ سُن کر فریادی بولا۔

" اے قاضی! یہ ٹھہرا جھوٹا، اِسے قسم کھانے میں کیا شرم ہوگی۔ ایک کیا اِس کے نزدیک ہزاروں قسمیں لغو ہیں۔ شعر

قسم کا مجھے اِس کی کیا اعتبار
کہ یکتا ہے جھوٹوں میں وہ بدشعار"

فریادی کی یہ بات سُن کر قاضی نے کہا۔

" اچھا! تو یہ بتا کہ جس وقت تو نے اپنی رقم اِس کے ہاتھ میں دی تھی تب یہ کہاں بیٹھا تھا؟"

فریادی نے جواب دیا۔

" جس وقت میں نے اِس بے ایمان کو اپنے سَو دینار دیے تھے تب یہ ایک کیلے کے درخت کے نیچے اکیلا بیٹھا تھا"

یہ بات سُن کر قاضی بولا۔

" تو پھر تو نے یہ کیوں کہا کہ میرا کوئی گواہ نہیں۔ تیرا تو بڑا پورا اور انصاف پسند گواہ موجود ہے۔ جا اُس ہرے بھرے درخت کو لے آ، وہ تیری گواہی دے جائے گا"

قاضی سے جو یہ انوکھی بات سُنی تو وہ بے ایمان مُسکرانے لگا اور فریادی بے چارے نے پریشان ہو کر کہا۔

" اے قاضی! وہ درخت یہاں کیوں کر آئے گا؟"

قاضی نے جواب دیا۔

" میری مُہرِ خاص اُس کے پاس لے جا اور اُس سے کہنا کہ اے درخت سرسبز! تجھ کو شہر کا قاضی طلب کرتا ہے، یہ اُس کی مُہرِ خاص میرے پاس موجود ہے۔ اِس مُہر سے مجھ کو سُرخ رو کر اور روسیاہی نہ دے۔"

خیر صاحب! بے چارہ فریادی قاضی کی مُہر لے کر اُس درخت کی طرف روانہ ہو گیا۔ اُس کے جانے کے تھوڑی دیر بعد قاضی نے اُس بے ایمان آدمی سے پوچھا۔

"کیوں بھئی! وہ ابھی درخت کے قریب پہنچا ہو گا یا نہیں؟ —— مجھے اور بھی ضروری معاملوں کا فیصلہ کرنا ہے۔"

قاضی کی زبان سے یہ بات سُنتے ہی وہ بے ایمان بے خیالی میں جھٹ بول پڑا۔

" ابھی دِلّی دور ہے۔ ابھی تو وہ راستے ہی میں ہو گا۔"

قاضی اُس کی یہ بات سُن کر چُپ ہو گیا۔ ایک دو گھڑی کے بعد بے چارہ فریادی بھی ناکام و نامُراد واپس آگیا اور قاضی سے بولا۔

" اے قاضی! اُس سرسبز درخت نے تیرا حُکم مطلق نہیں سُنا۔"

قاضی نے جواب دیا۔

" اے جوانِ نادان! وہ درخت تیرے جانے کے بعد خود بخود آکر گواہی دے گیا۔"

قاضی کی یہ بات سُن کر اُس بے ایمان آدمی نے کہا۔

" واہ یہ بھی خوب رہی! میرے سامنے تو کوئی درخت نہیں آیا۔ اِتنا جھوٹ بولنے سے کیا فائدہ ——؟

اِس کے جواب میں قاضی نے کہا۔

"بے شک! تو سچ کہتا ہے کہ درخت میرے قریب نہیں آیا، مگر اُس وقت

مجھ کو اُس درخت نے گواہی سے نہال کیا کہ جس وقت میں نے تجھ سے پوچھا تھا کہ ' وہ جوان درخت کے قریب پہنچا ہوگا یا نہیں'، تو نے اُس کے جواب میں کہا تھا ' ابھی دِلّی دور ہے، ابھی تو وہ راستے ہی میں ہوگا'؛ پس اگر تو اُس درخت کی جڑ اور بُنیاد سے واقف نہ تھا تو تیری زبان سے یہ کلام کیوں کر نکلا۔ تؤ یوں ہی کہتا کہ ' میں کیا جانوں کہ وہ سرسبز درخت کہاں ہے'؟ لیکن چونکہ اِس جوان نے تُجھ کو اُس درخت کے نیچے روپے دیے تھے اِسی لیے تو تیری زبان سے بے ساختہ یہ بات نکلی۔ اب مُکرنے سے کوئی فائدہ نہیں۔ تیری اِسی میں خیریت اور عزت ہے کہ تو بِلا تکرار اِس جوان کو سَو دینار واپس کر دے نہیں تو کوڑوں کی مار سے تیرے تن بدن کی کھال اُدھیڑ ڈالوں گا۔"

آخر اُس بے ایمان نے نہایت نادم ہو کر فریادی کی امانت واپس دے دی۔

# پانی کی گواہی

ایک آدمی حلوائی کی دوکان پر گیا اور اپنی جیب سے ایک روپیہ نکال کر حلوائی کو دیا اور بولا۔

"اے حلوائی! اِس روپے کی تازہ تازہ اور عمدہ مٹھائی اندر سے لا کے دے! مگر یاد رکھنا! اگر مٹھائی اچھی نہ ہوگی، تو مارے تھپڑوں کے تیرا منھ لال کردوں گا اور اتنی جوتیاں ماروں گا کہ تیری عقل ریوڑی کے پھیر میں آجائے گی، اور جو مٹھائی پوری نہ تولے گا تو مار مار کے تیرا حلوا نکال دوں گا۔"

حلوائی نے جو اُس بے لگام کا یہ کلام سُنا تو بے چارے کی سٹّی گُم ہو گئی اور ایسا چُپ ہوا جیسے کوئی گُپ چُپ کی مٹھائی کھاتا ہے۔ کچھ دیر بعد حلوائی نے جواب دیا۔

"اے بھائی! تجھ کو اِس آب و تاب کی مٹھائی دوں گا کہ ویسی صفائی چاند سورج میں بھی نہ ہوگی۔ میری بات میں ہرگز شک نہ کرنا، میں لفندرا نہیں ہوں جو میری بات جھوٹ ہو، اور اگر تجھ کو یقین نہیں ہے تو لے، یہ ایک لڈّو کھا، دیکھ پھر کیسا جنّت کا دروازہ کُھلتا ہے۔"

غرض یہ کہ حلوائی نے اُس کے ہاتھ سے روپیہ لے کر اپنے گلّے میں رکھ لیا اور اُٹھ کر کوٹھری کے اندر گیا۔ موقع غنیمت جان کر خریدار نے حلوائی کے گلّے کے سارے پیسے اُٹھا لیے اور اپنے رومال میں باندھ لیے۔ حلوائی نے ایک روپے کی

بہت عمدہ مٹھائی ٹوکری میں لگا کر اُس کے حوالے کی۔ وہ مٹھائی لے کر فوراً وہاں سے فرار ہوگیا۔ کچھ دیر بعد حلوائی کو جو کچھ پیسوں کی ضرورت ہوئی تو کیا دیکھتا ہے کہ گلّے کے پورے کے پورے روپے پیسے غائب ہیں۔ بے چارہ اب تو بے حال ہوگیا۔ اور کہنے لگا۔ شعر

کوئی مجھ پہ یہ کیا غضب کر گیا
کہ جس سے میں جیتے ہی جی مر گیا

پھر یکایک اُسے خیال آیا کہ، ہو نہ ہو، جو شخص ابھی مٹھائی لینے آیا تھا، یہ اُسی کی حرکت ہے۔

غرض کہ بے چارہ حلوائی مثل سَودائی دُکان سے اُٹھ کر اُس کے پیچھے دَوڑا، اور ایک گلی میں اُسے جا پکڑا۔ اُس کو کھینچ کر اپنی دُکان پر لایا اور اپنا مال طلب کیا۔ خریدار نے اُس سے اِنکار کیا اور بولا۔

"اے بے وقوف! ناحق تو بھلے آدمیوں پر تہمت کا دھڑا باندھتا ہے؟ تیری یہ چکنی چپڑی باتیں بے معنی ہیں، مجھ کو تیرا گلّہ لیتے کسی نے دیکھا ہے جو حق ناحق تہمت کا طوفان اُٹھا رہا ہے۔"

رفتہ رفتہ یہ قصّہ اکبر بادشاہ تک پہنچا۔ بادشاہ نے دونوں کو طلب کیا اور خریدار سے پوچھا۔ اُس نے جواب دیا۔

"حضور! یہ حلوائی، سَودائی ہے۔ یہ رومال اور مال میرا ہے۔"

آخر کار اکبر بادشاہ نے مجبور ہوکر رومال مع مال اپنے توشک خانے میں رکھوا دیا اور دونوں سے کہا۔

"اچھا! اب تم لوگ اپنے اپنے گھروں کو جاؤ، جس شخص کے روپے ہوں گے، اُس کے پاس پہنچ جائیں گے۔"

وہ دونوں تو اپنے اپنے گھروں کو چلے گئے لیکن اکبر بادشاہ سوچ میں پڑ گیا کہ عجیب قصّہ ہے جس کا حل ہونا نہایت مشکل ہے، کیونکہ اِس کا کوئی گواہ بھی نہیں، بقول شخصے

غیب کی بات کوئی کیا جانے

غرض یہ کہ اکبر بادشاہ نے ساری رات یہ گتھی سُلجھانے کی کوشش کی اور پھر صُبح ہی صُبح حلوائی اور خریدار دونوں کو طلب کیا اور ایک خواص کو حُکم دیا۔

"جلدی سے گرم پانی کا ایک طشت حاضر کر۔"

اکبر بادشاہ کے حُکم سے فوراً ہی گرم پانی کا ایک طشت حاضر کیا گیا۔ تب بادشاہ نے فرمایا۔

"اِس رومال کو مع روپے پیسوں کے اس طشت میں ڈبا دو۔" رومال اور اس میں بندھے ہوئے روپے پیسوں کو سے کیا علاقہ رکھتے جو گرم پانی میں ڈُبایا گیا تو ایک لمحے کے بعد ہی اکبر بادشاہ نے دیکھا کہ اِس طشت کے پانی پر چکناہٹ تیرنے لگی ہے۔ بادشاہ نے اس عجیب بات کو دیکھ کر کہا۔

"واقعی، یہ روپے اس حلوائی کے ہیں، اِس لیے کہ اِس کے ہاتھ کی چکناہٹ جو روپے پیسوں کو لگی تھی، اُسے اِس طشت کے گرم پانی نے ظاہر کر دیا ہے۔ یہ خریدار جھوٹا ہے۔ اگر روپے اِس کے ہوتے تو چکناہٹ سے کیا علاقہ رکھتے۔ اصلیت یہ ہے کہ سچ، سچ ہے اور جھوٹ، جھوٹ۔"

# اشرفیوں کی چوری

ایک کنجوس تھا۔ اُس نے چند اشرفیاں ایک ویران و سُنسان جنگل میں ایک درخت کے نیچے گاڑ کے چھپا رکھی تھیں۔ کبھی کبھی وہ جنگل میں جا کر اپنی اشرفیوں کو دیکھ آتا تھا۔ ایک بار ایسا ہوا کہ کسی نہایت چالاک شخص نے وہاں سے اُن اشرفیوں کو اِس طرح غائب کر دیا کہ کانوں کان کسی کو کچھ خبر نہ ہوئی۔

ہمیشہ کی طرح جب کنجوس جو ایک روز وہاں پہنچا تو کیا دیکھا کہ اس کی سب کی سب اشرفیاں غائب ہیں۔ یہ دیکھ کر وہ بہت گھبرایا پر اب پچھتائے کیا ہو جب چڑیاں چُگ گئیں کھیت!

غرض وہ بے دل ہو کر روتا پیٹتا اکبر بادشاہ کی ڈیوڑھی پر پہنچا اور فریادی ہوا۔ اکبر بادشاہ نے اُسے طلب فرما کے پوچھا۔

"اے عزیز! تیری اِس بات کا کوئی گواہ بھی ہے یا نہیں۔"

اُس غم زدہ نے جواب دیا۔

"اے شہنشاہِ عادل اور اے مظلوموں کے داد رس! حقیقت تو یوں ہے کہ خُدا کے سِوا اِس کا کوئی گواہ نہیں ہے۔ مگر میں نے فلاں سُنسان اور ویران جنگل میں ایک درخت کے نیچے وہ اشرفیاں دفن کی تھیں اور کبھی کبھی جا کر

اُنھیں دیکھ آتا تھا، پر نہیں معلوم کہ ایسی بے نشان جگہ سے کون چالاک اُن اشرفیوں کو غائب کر لے گیا۔"

اُس کی یہ بات سُن کر بادشاہ نے کہا۔

"اے عزیز! کوئی بھی ایسی نامعقول حرکت کرتا ہے، جو تو نے کی ہے۔ خیر کوئی حرج نہیں۔ اللہ نے چاہا تو چند ہی روز کے بعد تیری کھوئی ہوئی اشرفیاں مِل جائیں گی۔"

بادشاہ نے اپنی اِس پُراُمید گفتگو سے میاں کنجوس کو تو خوش وخرم رخصت کیا اور بڑے بڑے حکیموں کو بُلا کر کہا۔

"بھئی فلاں جنگل میں ایک بڑا عجیب درخت ہے۔ آپ لوگ اِس درخت کی خوبیاں معلوم کیجیے کہ پھل، پھول اور پتّوں شاخوں سے کِس کِس بیماری میں فائدہ ہوتا ہے؟"

حکیموں نے بادشاہ کے حُکم کے مطابق اس درخت کی خاصیتیں معلوم کیں اور بتایا۔ حضور! اُس درخت کے پتّوں کی یہ خوبی ہے کہ اگر کوئی یرقان یعنی پیلیا کا مریض ان پتّوں کا سفوف صُبح سویرے نہار مُنھ تازہ پانی کے ساتھ کھائے تو فوراً اچھا ہو جائے۔ اس کے پھل کی یہ تاثیر ہے کہ ان کو کھانے سے تپِ دق اور سِل کے مریض صحت پاتے ہیں۔ اس کی شاخ کے کھانے سے تِلّی کا مرض دُور ہو جاتا ہے۔ اس کی جڑ استسقا کے مرض میں مفید ہے۔

جب بادشاہ نے اس درخت کی یہ خوبیاں سُنیں تو حکیموں سے کہا۔

"اچھا اب ایک کام یہ کرو کہ مجھے یاد کر کے بتاؤ کہ اِس مہینے میں تمھارے دواخانوں میں کتنے مریض استسقا کے آئے تھے۔"

بادشاہ کی یہ عجیب بات سُن کر حکیموں کو پہلے تو کچھ تامّل ہوا پر اُنھوں نے آخر کار

اپنے اپنے مریضوں کو بادشاہ کے سامنے پیش کر دیا۔ بادشاہ نے اُن مریضوں سے حکیموں کے سامنے ہی پوچھا۔

" سچ سچ بتاؤ کہ تم نے اِس موذی مرض سے کس دوا کے ذریعے شفا پائی - سچ کہنا نہیں تو سخت سزا ملے گی "

غرض یہ کہ سارے مریضوں نے اپنی صحت کا حال بادشاہ سے بیان کیا۔ پھر جس مریض نے اُس درخت کی جڑ سے شفا پائی تھی، اُس سے بادشاہ نے پوچھا۔

" اس درخت کی جڑ تو نے کس دواساز سے منگوائی تھی - مجھے بھی وہ جڑ چاہیے "

بادشاہ کی یہ بات سُن کر مریض نے دواساز کو حاضر کر دیا۔ بادشاہ نے دواساز سے پوچھا کہ فلاں درخت کی جڑ تو ہی لایا تھا۔ اُس بے وقوف نے جواب دیا۔

" ہاں حضور! میں اُس جڑی کی جڑ سے واقف ہوں "

تب بادشاہ یوں بولا۔

" تو اگر اُس درخت کی جڑ اور بُنیاد سے واقف ہے تو اس بے گناہ کی اشرفیاں واپس کر دے ورنہ جوتیوں کی مار سے تیرا سر گنجا ہو جائے گا "

مار پڑنے کے ڈر سے اُس شخص نے چُرائی ہوئی اشرفیاں لا کر فوراً حاضر کر دیں۔

# عقل مند حاکم

ایک دفعہ کا ذِکر ہے کہ فرشتوں کی طرح ایک نیک اور شریف آدمی تھا۔ اُسے کسی دوسرے شہر جانا تھا۔ اُس کے پاس بہت سارا مال تھا۔ اُسی شہر میں ایک خوشبو ساز تھا، جو بڑا دغاباز تھا، لیکن اُس نیک آدمی نے سمجھا کہ خوشبو ساز بڑا ایمان دار ہے، اِس لیے وہ اپنا سارا مال خوشبو ساز کے پاس چھوڑ کر خود دوسرے شہر چلا گیا۔ جب واپس آیا اور اپنا مال خوشبو ساز سے مانگا تو خوشبو ساز بولا۔

”واہ! یہ بھی خوب رہی۔ کیا تم پاگل دیوانے ہو گئے ہو، کیسا مال؟ کیوں مجھ پر بِلا وجہ الزام لگاتے ہو۔ میاں جاؤ ہوش کے ناخن لو۔ واہ بھئی واہ! تمھارے پاس کیا ثبوت ہے کہ تم نے اپنا مال مجھے دیا؟ کوئی اِس بات کا گواہ بھی ہے یا یوں ہی مجھ پر الزام لگا رہے ہو؟“

یہ قصہ جب پاس پڑوس کے لوگوں اور خوشبو ساز کے دوستوں نے سُنا تو اُنھوں نے بھی اُلٹا اُسی شخص کو بُرا بھلا کہا۔

”میاں تمھارا یہ الزام اِس نیک انسان کا کچھ نہیں بگاڑے گا۔ کیونکہ وہ شخص اپنی ایمان داری کے لیے مشہور ہے۔ اِس کے پاس خود بہت سا مال ہے۔ تم بھی میاں چاند پر خاک ڈالنے چلے ہو۔ تم خواہ مخواہ اِس سے جھگڑا کرو گے تو اپنے کیے کی سزا پاؤ گے۔“

یہ باتیں سُن کر وہ بے چارہ چُپ ہو رہا۔ لیکن دو روز کے بعد وہ حاکمِ شہر کے پاس فریاد لے کر گیا اور سارا ماجرا بیان کیا۔ حاکم نے پوچھا۔

"تمھارے پاس اِس کا کوئی ثبوت ہے؟ تم نے خوشبو ساز سے مال دیتے وقت کچھ لکھا پڑھی بھی کی تھی یا نہیں؟"

اُس بے چارے نے جواب دیا۔

"حضور! خُدا کی ذات کے سوا کوئی اِس بات کا گواہ نہیں۔"

حاکم نے اس کی بات سُن کر کہا۔

"اچھا ایک کام کرو۔ تم تین روز تک اُس کی دوکان پر جاکر بیٹھو، مگر مُنھ سے کچھ نہ بولنا۔ تیسرے دن میری سواری اُدھر سے گزرے گی۔ میں تم کو سلام کروں گا، تم کہنا "وعلیکم السّلام" اور چُپ ہو رہنا۔ پھر میں تم سے کچھ کہوں گا، پر کوئی جواب نہ دینا مگر اپنے سر کو بلا خوف ذرا سا ہِلا دینا۔ میرے جانے کے بعد تم اُس سے اپنے مال کے بارے میں بات کرنا۔ اس کا جو بھی وہ جواب دے میرے پاس آکر کہنا۔"

حاکمِ شہر یہ ترکیب اسے سمجھا کر اپنے کام کاج میں مصروف ہو گیا۔ اُدھر وہ شخص حاکم کے کہنے کے مطابق خوشبو ساز کی دوکان پر آ بیٹھا، پر مال کا کوئی ذِکر نہ کیا۔ تیسرے روز حاکمِ شہر کی سواری اُدھر آئی۔ جس وقت حاکمِ شہر اُس شخص کے قریب آیا تو اپنا گھوڑا روکا اور اُس آدمی کو سلام کیا۔ اُس آدمی نے جواب میں "وعلیکم السّلام" کہا اور خاموش ہو گیا۔ پھر حاکم یوں بولا۔

"کیا بات ہے بھئی! تم کبھی کبھار بھی میرے پاس نہیں آتے، نہ اپنا کچھ حال مجھ پر ظاہر کرتے ہو۔ آخر بات کیا ہے؟" حاکم کے اِس سوال کا اُس نے کوئی جواب نہ دیا، بس ذرا سا سر ہِلا دیا اور حاکمِ شہر وہاں سے رُخصت ہو گیا۔ حاکم

کے جانے کے تھوڑی دیر بعد وہ آدمی خوشبو ساز سے بولا۔
"کیوں بھائی ہمارا مال نہ دو گے؟ تمھاری یہی مرضی ہے، خیر اچھا، مگر اس کا نتیجہ بُرا ہے۔ مثل مشہور ہے
'جو ستائے گا کسی کو وہ ستایا جائے گا"
خوشبو ساز نے جو یہ بات سُنی تو دل میں کہنے لگا: یہ تو حاکمِ شہر کا یار غار ہے۔ اگر اس نے حاکم سے اِس بات کا ذکر کر دیا تو ناحق میری عزّت کو بٹّہ لگے گا اور مال دینا پڑے گا وہ الگ، اِس سے تو بہتر ہے کہ عقل سے کام لوں اور شرمندہ ہونے سے بچوں: یہ سب سوچ بچار نے کے بعد اُس نے کہا۔
" اچھا میاں یہ تو بتاؤ! جس وقت تم نے اپنا مال مجھے دیا تھا تو اُس وقت میرے قریب کوئی اور شخص بھی تھا یا یہ معاملہ میرے اور تمھارے ہی درمیان پیش آیا تھا؟ مجھے ٹھیک بتا دو شاید میں ہی بھول گیا ہوں۔"
الغرض اُس آدمی نے جب پورا واقعہ پھر بتایا تو وہ دغا باز خوشبو ساز یوں بولا۔
" ہاں! تم سچ کہتے ہو! مجھ کو بھی اب یاد آگیا۔ لو یہ رہا تمھارا مال! لے جاؤ۔"

# ایک کے بدلے دو

ایک شخص نے ایک ہزار روپے ایک صرّاف کو بہ طورِ امانت رکھنے کے لیے دیے۔ وہ بے چارا سمجھا تھا کہ صرّاف دیانت دار ہے اور اُس کی امانت میں خیانت نہ کرے گا۔ خیر صاحب وہ روپے صرّاف کے حوالے کر کے ایک ضروری کام سے کسی دوسرے شہر کے سفر پر نکل گیا۔ بہت دن بعد جب وہ واپس آیا اور صرّاف سے اپنے ایک ہزار روپے طلب کیے تو وہ بد دیانت اور دغاباز صرّاف مُکر گیا اور بولا۔

" واہ بھئی واہ! تو ایسی کھوٹی باتوں سے میری دیانت میں بٹہ لگانا چاہتا ہے، چل دور ہو میرے آگے سے، نہیں تو ایسا ٹھوکوں گا کہ تیری جان تن سے نکل جائے گی اور جوتیوں کی مار سے تیری چندیا گنجی ہو جائے گی! تجھ سے نیارے اور بہروپیے میں نے بہت پرکھ ڈالے ہیں! بس جا تیری یہ جھوٹی آنٹ سانٹ تجھے کچھ فائدہ نہ پہنچائے گی۔"

صرّاف کی یہ بات سُن کر وہ شخص بے چارہ جل بُھن کر افسوس سے ہاتھ مَلتا ہوا شہر کے قاضی کے پاس گیا اور فریاد کی۔

" اے قاضیِ شہر! میں تیری عدالت میں انصاف کا طالب ہوں۔ شعر

جو انصاف اِس کا نہ ہم پائیں گے
تو جھوٹوں سے سچے نہ بر آئیں گے"

غرض یہ کہ قاضی نے اُس غریب کا سارا حال بہ غور سُننے کے بعد کہا۔

"اے عزیز! اب تو یہ بات ہرگز کسی سے نہ کہنا! جا، دو چار روز کے بعد تیرے روپے اُس کی بے دیانتی کی تھیلی سے نکل آئیں گے۔" غرض، قاضی نے اُسے خوب تشفی اور تسلی دے کر رُخصت کیا اور اُس بے ایمان صرّاف کو تنہائی میں بُلوا کر کہا۔

"بھائی میری نظر میں تو مردِ دیانت دار ہے اور سارے ساہوکاروں کے سر کا تاج ہے۔ میں تیری شرافت سے بخوبی واقف ہوں۔ میں نے تجھے اس وقت اس لیے تکلیف دی ہے کہ حضور پُرنور بادشاہ سلامت کی خدمت کے بدلے میرا عہدہ اور رُتبہ بڑھنے والا ہے، مگر میرا کوئی ایسا ساتھی اور مہربان نہیں ہے جسے میں اپنا شریکِ حال کر کے اپنا نائب بناؤں! سو میں نے طے کیا ہے کہ تجھے ہی اپنا نائب بناؤں کیونکہ میری نظر میں تجھ سا دیانت دار اور لائق کوئی دوسرا شخص نہیں۔" اُس بے دُم کے گدھے نے جو قاضی کے مُنہ سے یہ خوش خبری سُنی تو وہ مارے خوشی کے واقعیٔ گدھے کی طرح پھُول گیا۔ اور بے اختیار ہنس کر کہنے لگا۔

"بہت خوب! سرکار آپ بھی دیکھیں گے کہ میں اپنی خدمت کس خوبی سے انجام دیتا ہوں۔" قاضی نے مُسکراتے ہوئے جواب دیا۔

"اس میں کیا شک ہے!"

غرض یہ کہ اُس بے وقوف کو قاضی نے سبز باغ دِکھا کر رُخصت کیا اور اُس فریادی کو بُلوا کر کہا۔

"جا اب اُس صرّاف کے پاس جا کر بے جھجک اپنے روپے مانگ! اُس سے کہنا کہ اے بدکردار ناہنجار! اگر تو میرے روپے نہیں دیتا ہے تو چل میرا اور تیرا انصاف قاضی کے سامنے ہوگا۔ یہ سُن کر وہ دغاباز

بلا تکرار تیرے روپے دے دے گا۔"

وہ آدمی صرّاف کے پاس گیا اور قاضی کے کہنے پر عمل کرتے ہوئے اپنے ایک ہزار روپے طلب کیے۔ وہ بے ایمان شیطان یہ سُن کر دل میں سوچنے لگا کہ اگر اب سے دوبدو گفتگو کروں گا یا اُس کے ساتھ قاضی کے پاس جاؤں گا تو نائب کا عہدہ مُفت ہاتھ سے جائے گا۔ اِس سے تو بہتر یہ ہے کہ اس کے روپے اِس طرح دے دوں کہ کسی کو کانوں کان خبر نہ ہو۔ یہ سوچ کر اُس نے کہا۔

"اے عزیز با تمیز! تو خاطر جمع رکھ! کل جو میں نے اپنا کھاتا دیکھا تو تیرے روپے مجھے بھی یاد آ گئے۔ سو تیرے وہ ایک ہزار روپے یہ حاضر ہیں، لے جا، مگر قسم کھا کے مجھ سے یہ وعدہ کر کہ یہ راز تو کسی پر ظاہر نہ کرے گا، تو ایک ہزار کیا میں تجھے دو ہزار روپے دوں گا۔" کہاں تو وہ بے چارہ اپنے ایک ہزار روپے کو رو بیٹھا تھا نہ یہ کہ اب دو ہزار مِلتے ہیں؟ کِسی نے خوب کہا ہے۔

'چپڑی اور دو دو'

غرض کہ اُس بے ایمان صرّاف نے جو کہا تھا، وہی کیا۔ اسی کو کہتے ہیں کہ وقت پڑے تو اپنی غرض کے لیے گدھے کو بھی لوگ باپ بنا لیتے ہیں۔

حاصلِ کلام یہ کہ وہ آدمی صرّاف سے دو ہزار روپے لے کر قاضی کے جان اور مال کو دُعائیں دیتا ہوا اپنے گھر سدھارا اور یہ دوسرے دن قاضی کا نائب بننے کے لالچ میں اُس نیک نام قاضی کے پاس پہنچا۔ قاضی نے اُسے تسلّی دیتے ہوئے کہا۔

''بھائی! ابھی تو میرے کام میں دیر ہے' جب وقت آئے گا تو میں خود سوادی بھیج کر تمھیں بلوالوں گا۔'' قاضی کی زبان سے جو یہ بات سُنی تو وہ نہایت ملول ہوکر اپنے گھر آیا اور دِل میں سخت شرمندہ ہوکر کہنے لگا۔

''ہائے! قاضی کا نائب بننے کے لالچ میں دو ہزار روپے مُفت ہاتھ سے گئے۔

# آقا اور غُلام

ایک بار یوں ہوا کہ ایک دغا باز اور نافرمان غُلام اپنے نہایت شریف اور نیک طینت آقا کے پاس سے بھاگ گیا۔

چند روز کے بعد آقا کسی کام سے گھومتا گھامتا ایک دوسرے شہر میں پہنچا۔ وہاں کیا دیکھتا ہے کہ اُس کا نالائق غُلام مزے سے اِس شہر میں سیر سپاٹے کرتا پھر رہا ہے۔ آقا نے اپنے غُلام کو پہچان لیا اور لپک کر اُس کا ہاتھ پکڑ لیا۔ غُلام، تھا بڑا چالاک، اِس سے پہلے کہ بے چارہ آقا مُنہ سے کچھ کہتا، جھٹ سے غُلام نے یہ حرکت کی کہ آقا کی کمر میں ہاتھ ڈال کر کس کر پکڑ لیا اور اُلٹا بولا۔

"اے غُلامِ ناکام! کِتنی مدّت اور کِتنے لمبے عرصے کے بعد آج تو میرے ہاتھ آیا ہے۔ سچ سچ بتا میرا مال جو تو چُرا کر بھاگا، وہ تو نے کہاں غارت کیا؟"

آقا، غُلام کی یہ حرکت دیکھ کر ہکّا بکّا رہ گیا۔ غرض کہ دونوں میں خوب تو تو میں میں ہونے لگی۔

آقا کہتا۔

"تو میرا زر خرید غُلام ہے۔"

غُلام کہتا۔

نُہیں! تو میرے باپ کا غُلام ہے، خدا سے ڈر۔ تیری تو وہ مثل ہے۔

—اُلٹا چور کوتوال کو ڈانٹے۔"

غُلام کی اِس ڈِھٹائی اور سینہ زوری کی وجہ سے بے چارے آقا پر تو یہ مثل صادق ہوگئی کر

—سچّا جھوٹے کے آگے رو رو مرے۔

آخرکار آقا اپنا یہ مقدمہ حضرت امیرالمومنین کے حضور میں لے گیا اور انصاف کا طلب گار ہوا۔ حضرت امیرالمومنین نے یہ عجیب و غریب قِصّہ سُن کر دونوں سے فرمایا۔

"اچّھا! اگر تمھارا کوئی گواہ نہیں ہے، تو تم دونوں الگ الگ دریچوں میں سر نکال کر بیٹھو، تمھارے ساتھ پورا پورا انصاف کیا جائے گا۔"

حضرت امیرالمومنین کے حُکم کے مُطابق آقا اور غلام دونوں، دو الگ الگ دریچوں میں سر باہر نکال کر بیٹھ گئے۔ تب جنابِ امیرالمومنین نے جلّاد کو حُکم فرمایا۔

"اے جلّاد! دیکھتا کیا ہے؟ غُلام کی گردن پر ایسی تلوار مار کر اُس کا سر اُڑ جائے۔" یہ ہولناک فیصلہ سُن کر سچ مُچ کے غُلام نے جھٹ سے اپنا سر دریچے کے اندر کھینچ لیا اور آقا جس طرح بیٹھا تھا، بیٹھا رہا۔ ذرا ٹس سے مَس نہ ہوا۔ اسی کو کہتے ہیں۔

—سانچ کو آنچ کیا۔

حضرت امیرالمومنین نے غُلام کی یہ حرکت دیکھ کر آقا سے ارشاد فرمایا۔

''اے عزیز! سچ یہ ہے کہ یہ شخص تیرا غُلام ہے، اور تو اس کا آقا ہے۔ جا اِسے لے جا، اور جو چاہے سو کر، پر اِس بے وفا اور مکّار سے وفا کی ہرگز اُمّید نہ رکھ۔''

---

# گوشت کی شرط

دو آدمیوں نے چوسر کھیلتے ہوئے آپس میں یہ بازی لگائی کہ ہم میں سے جو شخص جیتے گا وہ ہارنے والے کے بدن سے کھال سمیت ایک سیر گوشت کاٹ لے گا۔

آخرکار بازی ختم ہوئی اور اُن میں سے ایک شخص ہار گیا جیتنے والے نے اُس سے کہا۔

"لاؤ! اپنے بدن کا ایک سیر گوشت دو۔"

بے چارہ ہارنے والا بہت گھبرایا۔ اُس نے بہت منّت سماجت اور خوشامد کی کہ جیتنے والا اس کے بدن کا گوشت نہ کاٹے، اُس کے بدلے جتنے چاہے روپے پیسے اور قیمتی سے قیمتی تحفے لے لے، پر جیتنے والا تو اس وقت جیت کے نشے میں شیر ہو رہا تھا، نہ مانا اور بولا "میں تو کھال سمیت تمہارے بدن کا ایک سیر گوشت ہی لوں گا۔"

بھلا ہارنے والا اچھا بھلا اپنے بدن کا گوشت کیوں کر کٹوا دیتا۔ اس بات پر دونوں میں خوب تکرار ہوئی، یہاں تک کہ یہ مقدمہ انصاف کے لیے قاضی شہر کے سامنے پیش ہوا۔ قاضی نے بازی

جیتنے والے کو بہتیرا سمجھایا اور کہا۔

"اے قصائی صفت انسان! تو اس غریب کمزور تن کے بدن کے گوشت کا طلب گار نہ ہو۔ اپنے اِس بے ہودہ اور وحشیانہ مطالبے سے باز آجا۔ تجھے جتنے روپے پیسے درکار ہوں، اس غریب سے لے لے اور اِسے اِس طرح کی تکلیف نہ دے۔" وہ جیت کے نشے میں مست انسان، قاضی جی کے سمجھانے بُجھانے پر بھی راضی نہ ہوا تو مجبور ہو کر قاضی نے کہا۔

"اے عزیز! اگر تو نہیں مانتا اور یہی تیری مرضی ہے کہ تو اس کے بدن کا گوشت ہی لے گا تو خیر۔ بسم اللہ! بے دھڑک کاٹ لے، پر ایک بات کا خیال رہے کہ اگر اس کے بدن سے کاٹا ہوا گوشت تولنے میں ایک سیر سے ایک ماشہ بھی کم یا زیادہ نکلا تو پھر تیری خیر نہیں۔ تیری بوٹیاں کاٹ کاٹ کر چیل کوؤں کے حوالے کر دوں گا۔"

قاضی جی کی یہ کڑی شرط سُن کر بازی جیتنے والا پریشان ہو گیا۔ گھبرا کر بولا "اے قاضی! میں اس بات پر راضی، میرا خدا راضی کہ میں نے اِس شخص کا گوشت کھال سمیت معاف کیا — اب مجھے اس سے کچھ نہیں چاہیے۔

# اصلی ماں

دو عورتیں ایک خوب صُورت بچّے کے لیے آپس میں جھگڑا کر رہی تھیں۔ وہ دونوں بچّے کو اپنی طرف کھینچتیں اور ایک دوسرے سے کہتیں۔

"یہ میرا بیٹا ہے۔ تو کون ہوتی ہے، جو میرے بچّے کو زبردستی لیتی ہے"۔

اُس وقت وہاں کوئی ایسا شخص موجود نہ تھا جو دونوں کا جھگڑا نپٹا سکتا۔ سو، یہ عجیب و غریب ماجرا حضرت امیرالمومنینؓ کے حضور میں پیش ہوا اور دونوں ماؤں نے انصاف چاہا۔ یہ عجیب قِصّہ جب حضرت امیرالمومنین نے سُنا تو ایک جلّاد بے درد کو حُکم دیا۔ "تلوار سے اِس بچّے کے دو ٹکڑے کر دو۔ اور اِن دونوں عورتوں کو برابر برابر دو حِصّے دے دو۔ آدھا اِسے اور آدھا اُسے"۔

حضرت امیرالمومنین کی زبان مُبارک سے یہ عجیب و غریب فیصلہ سُن کر اُن میں سے ایک عورت تو خاموش ہوگئی لیکن دوسری عورت بے چین ہو کر زار زار رونے لگی اور بولی۔

"اے جناب پاک! ایسا غضب نہ کیجیے۔ میں اِس بات پر خوش

ہوں اور حق تعالیٰ کا شُکر بجالاتی ہوں کہ یہ معصوم اور بے گُناہ بچّہ آپ اِس مردود ہی کو دے دیجیے۔ خُدارا بچّے کے قتل کا حُکم نہ فرمائیے۔"

اِس پُر درد اور نیک و رحم دِل عورت کی یہ آہ و بکا سُن کر حضرت امیرالمومنین نے تسلّی اور تشفّی دیتے ہوئے فرمایا۔

"اے نیک سیرت بی بی! سچ یہ ہے کہ یہ بچّہ تیرا ہی ہے، تو ہی اِس کی اصل ماں ہے۔ یہاں کوئی اندھیر نہیں ہے کہ کوئی سیاہ بخت اور سنگدل اسے تجھ سے چھینے۔"

غرض اِس دانائی کے ساتھ انصاف فرما کر حضرت امیرالمومنین نے وہ پیارا پیارا بچّہ اُس کی ماں کو دِلوا دیا، اور اُس جھوٹی مکّار عورت کو جو بچّے کے قتل کے حُکم پر بھی خاموش رہی تھی، جھوٹا قرار دے کر نہایت سخت سزا دی۔

# روئی کی چوری

پُرانے زمانے کا ایک مشہور قِصّہ ہے کہ کسی شہر کے بازار سے روئی کے کچھ گٹھّے چوری ہو گئے۔ چوروں کی تلاش میں کوتوال نے بُہتیرا سر مارا، پر کسی طور پر کامیاب نہ ہوا۔ آخر کار سب روئی فروش بادشاہ کے پاس فریاد لے کر گئے۔ بادشاہ بڑا رحم دل اور منصف مزاج تھا۔ اُس نے سوچا کہ اگر اِن فریادیوں کی چوری گئی ہوئی روئی نہ مِلے گی تو میں اِن سے آنکھ نہ مِلا سکوں گا۔ سو بادشاہ نے اپنے دربار کے ہر ایک امیر کو حُکم دیا کہ چوروں کی تلاش کی ذِمّہ داری سب پر ہے۔

بادشاہ سلامت کا حُکم سُن کر ایک امیر نے یہ تدبیر کی کہ شہر کے سارے مردوں کو اپنے گھر دعوت کے بہانے بُلوایا۔ جب شہر کے سب لوگ اُس کے یہاں جمع ہو گئے، تب اُس نے بلند آواز سے کہا۔

"اِس شہر کے لوگ بھی عجیب بے وقوف ہیں۔ خوب اچھّی طرح جانتے ہیں کہ روئی کے گٹھّے چاندنی چوک سے چوری ہو گئے ہیں، اور بادشاہ سلامت اُن کی تلاش میں نہایت سرگرم ہیں۔ یہ جانتے ہوئے بھی آپ میں سے بعض لوگ میرے گھر روئی کے روئیں اپنی داڑھیوں اور چہروں پر چھوڑ کر آئے ہیں۔"

اِس صاحبِ تدبیر امیر کی یہ انوکھی بات سُن کر بعض لوگ سچ مُچ اپنی داڑھی مونچھیں جھاڑنے لگے۔ یہ ماجرا دیکھ کر امیر نے پھر کہا۔

"یہی لوگ روئی کے چور ہیں۔ اِن کی داڑھیاں نوچ ڈالو"

غرض کہ اِن چوروں کی خوب پٹائی ہوئی، لیکن وہ یہی کہتے جاتے تھے کہ ہم پر یہ جھوٹا الزام ہے۔ ہم چور نہیں ہیں۔ مگر مار وہ چیز ہے کہ 'لکڑی کے بل مکڑی ناچے'۔ آخرکار جب اُن کی خوب اچھّی طرح دُھنائی ہوئی تو اُنھوں نے چوری قبول کر لی اور چُرائی ہوئی روئی واپس کر دی۔

# انصاف کی چھڑی

ایک دفعہ کا ذکر ہے کہ کسی امیر آدمی کے دیوان خانے سے کچھ قیمتی سامان چوری ہو گیا۔ بہت تلاش کرنے کے باوجود بھی نہ مِلا تو یہ مُقدمہ قاضئ شہر کے سامنے پیش ہوا۔ قاضی جی گھر کے اندر گئے اور کئی چھڑیاں برابر برابر تراش کر باہر لے آئے اور بولے۔

"اِن میں سے ایک ایک چھڑی ہر خادم، نوکر اور صاحبِ خانہ اپنے اپنے گھر لے جائے اور صُبح تڑکے میرے پاس اپنی اپنی چھڑی واپس لے آئے۔ اِن میں سے ہر ایک چھڑی کی یہ خاصیت ہے کہ چور کے پاس ایک اُنگلی کے برابر خود بخود بڑھ جاتی ہے۔ جو چور نہیں ہوتا اُس کی چھڑی اُتنی کی اُتنی رہتی ہے۔ ذرا بھی نہیں بڑھتی۔ اِس طریقے سے میں چور اور بے گناہ کو پہچان لیتا ہوں۔ اِس عمل سے میں نے کئی دفعہ چوروں کو پکڑا ہے۔"

قاضی جی کی یہ بات سُن کر سب لوگوں نے ایک ایک چھڑی اُٹھالی اور اپنے اپنے گھروں کو چلے گئے۔ اُن میں سے وہ شخص، جو سچ مُچ چور تھا، اپنے گھر پہنچا تو اس نے دِل میں سوچا "اگر میری یہ چھڑی ایک اُنگلی کے برابر زیادہ نِکلے گی تو بڑا غضب ہو جائے گا۔ ناحق میری

چوری ظاہر ہو جائے گی۔ اس لیے اس کم بخت چوری فاش کر دینے والی چھڑی کو ایک اُنگلی برابر تراش دوں تو خوب ہو۔"

اپنی اِس چالاکی پر خوش ہو کر میاں چور نے جھٹ چھڑی کو چھُری سے ایک اُنگلی کے برابر کاٹ ڈالا، اور نہایت اطمینان سے خوش خوش لمبی تان کر سو گئے۔ جب صُبح ہوئی تو وہ اپنی چھڑی لے کر خوشی خوشی اور بے خوف و خطر قاضی کے گھر گیا۔ سارے لوگ جمع ہو چُکے تھے۔ قاضی جی نے باری باری تمام چھڑیوں کو ناپا۔ اس شخص کی چھڑی ایک اُنگلی کے برابر چھوٹی نکلی۔

اس ترکیب سے قاضی نے چور کو پکڑ لیا اور سب کے سامنے خوب رُسوا کیا اور اِتنے جوتے لگوائے کہ وہ قایل ہو گیا اور آنکھ چُرا کر بولا۔

"بس حضور! اب آپ دوستوں میں مجھے اور زیادہ رُسوا نہ کریں۔ میں امیر صاحب کا سارا مال و اسباب بے چوں چرا لا کر حاضر کرتا ہوں۔

# شرط کی شرط

ایک دفعہ کا ذِکر ہے کہ دو آدمیوں نے کچھ نقد مال ایک نیک اور ایماندار بُڑھیا کے سپُرد کیا اور کہا۔

"دیکھو بڑی بی! جس وقت ہم دونوں مِل کر تمھارے پاس آئیں، تبھی تم ہمارا مال لوٹانا۔ نہیں تو نہیں۔" یہ کہہ کر وہ دونوں چلے گئے۔

پھر یوں ہوا کہ کچھ دن بعد اُن میں سے ایک آدمی بُڑھیا کے پاس آیا اور بولا۔

"خدا کی قسم، میرا ساتھی مرگیا ہے، اِس لیے تو وہ مال اب مجھے دے دے۔" یہ ایسی بات تھی، جسے سُن کر بُڑھیا نے سارا مال اُس آدمی کے حوالے کر دیا۔

لیکن چند ہی دن بعد اُن میں کا دوسرا آدمی اُس بُڑھیا کے پاس آیا اور بولا۔

"بڑی بی! وہ ہماری امانت ہم کو دے دو تاکہ ہم اپنے کاروبار میں خرچ کریں۔" یہ حیرت انگیز بات سُن کر بڑھیا نے نہایت ملال کے ساتھ جواب دیا۔

"اے بیٹا! تیرا دوسرا بھائی تیری موت ظاہر کر کے سارا مال لے گیا۔

یہ بھی قسمت کی کھوٹ تھی میری
یوں تو مقروض اب ہوئی تیری

اُس آدمی نے بڑھیا کی ایک نہ سُنی اور سارا قصّہ قاضی جی سے جاکر کہا اور انصاف کا طلب گار ہوا۔ قاضی نے پورا حال سُننے کے بعد دل میں سوچا۔ "بہ ظاہر تو ایسا لگتا ہے کہ بڑھیا بے قصور ہے۔" اس خیال کے آتے ہی قاضی نے اسی ملعون سے کہا۔

"اچھا بھائی! یہ بتا تو نے بڑھیا سے پہلے یہی شرط کی تھی نہ کہ جس وقت ہم دونوں شریک مال تیرے پاس آئیں، تو ہی اپنا مال واپس لے جائیں۔ سو اب تو جا اور اپنے شریک مال کو ساتھ لے کر آ اور بہ خوشی اپنا سارا مال لے جا، تجھ اکیلے کو اس بڑھیا سے ایک پیسہ بھی نہ ملے گا۔

قاضی کی یہ بات سُن کر وہ شخص لاجواب ہوگیا۔